CE RÉCIT EST UNE ŒUVRE DE FICTION. TOUTE RESSEMBLANCE AVEC DES FAITS OU DES PERSONNES EXISTANT OU AYANT EXISTÉ NE SERAIT QUE PURE COÏNCIDENCE.

# 6.66 SATAN

# PRÉSENTATION DES PERSONNAGES

■ HEROS DE CETTE HISTOIRE, IL EST UN O.P.T. QUI RÊVE DE CONQUERIR LE MONDE. IL EST TRÈS PUISSANT MAIS ON NE SAIT RIEN SUR SES ORIGINES ET SEMBLE PORTER UN SECRET EN LUI. IL POSSEDE UN O-PARTS DU NOM DE ZEROSHIKI DONT L'EFFECT EST DE MULTIPLIER L'ENERGIE.

■ RUBY EST UN CHASSEUR DE TRESORS. ELLE A LA FACULTE DE POUVOIR LIRE ET DECHIFFRER LES ECRITURES DES ANCIENNES CIVILISATIONS. ELLE FIT LA CONNAISSANCE DE JIO DURANT SON PERIPLE POUR TROUVER L'O-PARTS LEGENDAIRE.

■ C'EST L'APPARENCE DE JIO LORSQUE CELUI-CI SE TRANSFORME SOUDAINEMENT. IL POSSÈDE UNE PUISSANCE INCROYABLE ENTOURÉE DE MYSTERES.

■ IL EST LE GRAND GENERAL DES FORCES GOUVERNEMENTALES. IL SE DIT POSSEDER LA PUISSANCE DE DIEU. C'EST UN O.P.T. TRÈS PUISSANT ET QUI A DEUX VISAGES. SON BUT EST DE TRAQUER ET D'ELIMINER SATAN !

■ IL EST UN JEUNE RESISTANT QUI VIT DANS LA CITE D'ENTOTSU. TRÈS DYNAMIQUE, IL VOUE UN CULTE AUX PERSONNES DE TYPE O.P.T.

# 666 SATAN 3

## TABLE DES MATIÈRES

| | | |
|---|---|---|
| CHAPITRE 9 | LE MAGICIEN POURPRE | PAGE 7 |
| CHAPITRE 10 | ÉVASION !! | PAGE 43 |
| CHAPITRE 11 | LE POUVOIR D'UNE ANCIENNE CIVILISATION | PAGE 79 |
| CHAPITRE 12 | LES TROIS ÉPREUVES | PAGE 116 |
| CHAPITRE 13 | KIRIN ENTRE EN SCÈNE !? | PAGE 151 |

# CHAPITRE 9 : LE MAGICIEN POURPRE

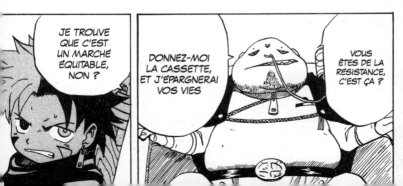

LIBÉRATION DU SPIRIT !

J'AI ENVIE DE PARTIR LOIN !

LIBÉRATION DU SPIRIT...

EFFECT ACTIVÉ !

VOUS NE POURREZ JAMAIS ÉCHAPPER À MON O-PARTS !

VOUS ÊTES VERTS DE PEUR, MAIS...

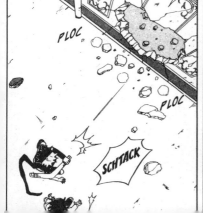

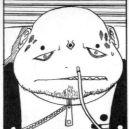

IL Y A UNE AUTRE SORTIE, MAINTENANT !

TU AS FINI DE TE LA JOUER AVEC MOI, GAMIN ! MAINTENANT, ON PASSE AUX CHOSES SÉRIEUSES !

BALL, TU PEUX PARTIR, MAINTENANT ! DÉPÊCHE-TOI D'ALLER PORTER LA CASSETTE !

OUI !

IL NE ME VISAIT PAS, IL VISAIT LE MUR DEPUIS LE DÉBUT

ALORS, QUE COMPTES-TU FAIRE ?

DÉPÊCHE-TOI D'EN FINIR AVEC EUX !

NON, JE VAIS ENCORE UN PEU M'AMU-SER...

BON SANG, MAIS QUEL EST LE POUVOIR DE SON O-PARTS ?

IL Y EN A UN AUTRE...

L'EFFECT DE CET O-PARTS N'EST PAS SEULEMENT DU MANIEMENT...

JE VAIS TE RÉVÉLER LE SECRET DE CET O-PARTS, AVANT DE TE RECOUVRIR DE TON PROPRE SANG

TU N'AS NI TORT, NI RAISON...

HI HI

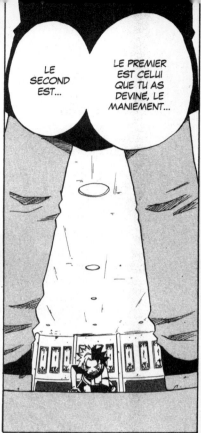

CHAPITRE 10 : ÉVASION !!

DU FAIT QUE JIO ET BALL SE SOIENT INTRODUITS DANS LA DEMEURE DU GOUVERNEUR DE LA CITÉ !

DE TOUTE FAÇON, NOUS MODIFIONS LES PLANS

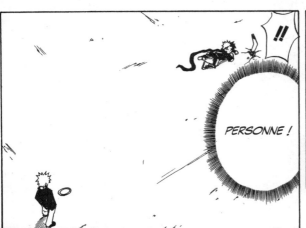

C'EST PAS FINI !

HA !

MAIS MES O-PARTS ONT AUSSI CETTE FACULTÉ...

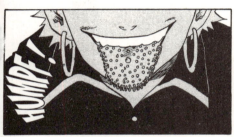

MAIS QUE FAIT-IL ?

EFFECT, DÉSACTIVE !

DANS CET UNIVERS DIMENSIONNEL, JE PEUX BRISER N'IMPORTE QUEL OBJET

MON ZEROSHIKI... NON...

TIENS, UN CADEAU POUR L'AU-DELÀ !

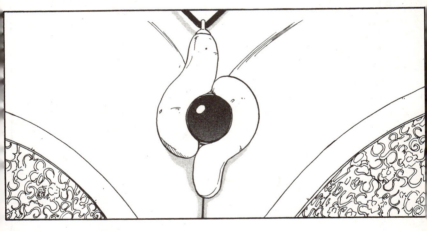

# CHAPITRE 11 : LE POUVOIR D'UNE ANCIENNE CIVILISATION

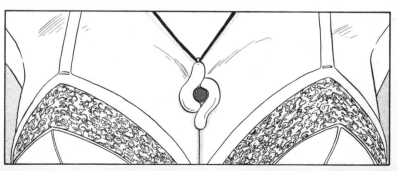

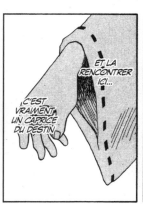

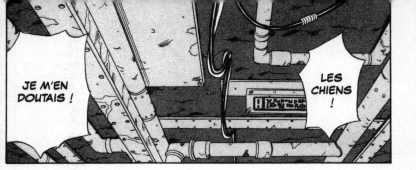

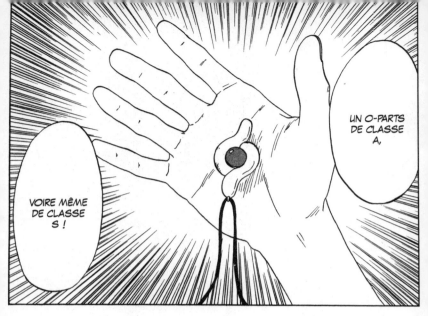

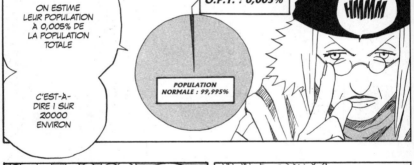

ILS AURAIENT MIEUX FAIT DE DÉVELOPPER UNE ÉNERGIE QUI RENDE LES HUMAINS AMIS ET MEILLEURS

PUISQUE CETTE CIVILISATION AVAIT ATTEINT UN NIVEAU ÉLEVÉ DE DÉVELOPPEMENT...

...

LES O.P.T. SONT SÛREMENT LES DESCENDANTS DE CETTE TRÈS ANCIENNE CIVILISATION

HM ?

DU MOINS, C'EST CE QUE JE PENSE...

TU AS RAISON...

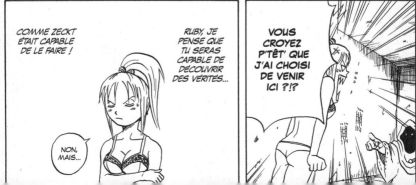

JE VOIS, TU M'ÉTONNES QU'ON N'ARRIVAIT PAS À LE TROUVER !

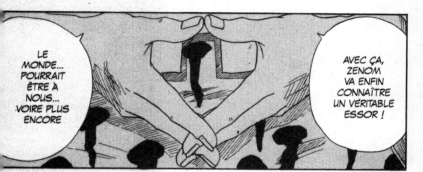

LE MONDE... POURRAIT ÊTRE À NOUS... VOIRE PLUS ENCORE

AVEC ÇA, ZENOM VA ENFIN CONNAÎTRE UN VÉRITABLE ESSOR !

NOUS AUSSI, NOUS DEVONS AGIR TRÈS RAPIDEMENT. J'AI BIEN PEUR QUE CE NE SOIT COMME LA BOÎTE DE PANDORE...

LE GOUVERNEMENT DE STEA A AUSSI RASSEMBLÉ DE NOMBREUX O-PARTS...

BAH, TU SAIS CE QU'ON DIT, ON SAIT PAS CE QU'IL Y A DEDANS TANT QU'ON L'A PAS OUVERTE...

# CHAPITRE 12 : LES TROIS ÉPREUVES

NE RESTE PAS PLANTÉ LÀ, TU VAS TE FAIRE DÉVORER, ANDOUILLE !

BIEN, IL A ENFIN ÉCOUTÉ LA RAISON...

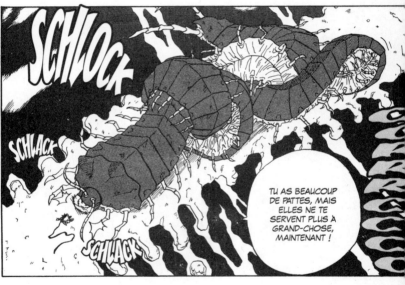

JIO, TU ES...

UN ESPRIT FORT DANS UN CORPS PUISSANT...

HM ?

HAAAA !

JE SUIS GRAVE AVEC TOI, JIO !

TU DIS ÇA MAIS TU AS ENCORE L'INTENTION DE FUIR ?

NON, LÀ JE SUIS MOTIVÉ À DONF !

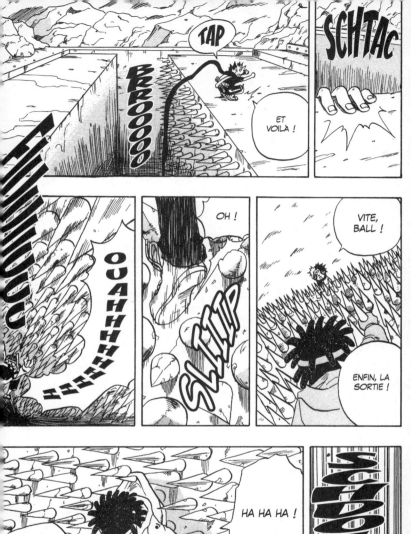

TU COMPTES TRAVERSER MÊME SI ON NE VOIT PAS CE QU'IL Y A DE L'AUTRE CÔTÉ ?

T'ES OUF, TOI !

ON VERRA PEUT-ÊTRE MIEUX DE L'AUTRE CÔTÉ ?

MA PAROLE, IL NOUS PREND POUR DES QUILLES OU QUOI ?!

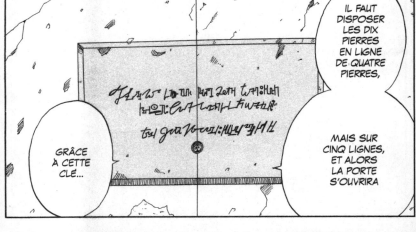

# SATAN

CHAPITRE 13 : KIRIN ENTRE EN SCÈNE !?

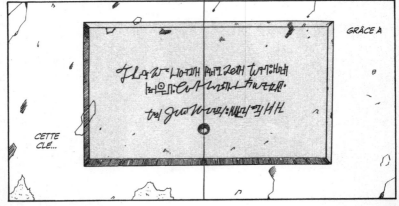

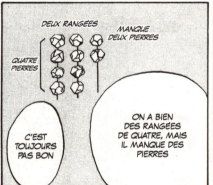

C'EST TOUJOURS PAS BON

ON A BIEN DES RANGÉES DE QUATRE, MAIS IL MANQUE DES PIERRES

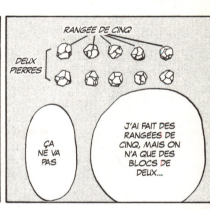

ÇA NE VA PAS

J'AI FAIT DES RANGÉES DE CINQ, MAIS ON N'A QUE DES BLOCS DE DEUX...

LA HAINE ! ÊTRE ARRIVÉS JUSQU'ICI POUR ÉCHOUER SI PRÈS DU BUT !

BON SANG, MAIS ON VA PAS Y PASSER NOTRE VIE, QUAND MÊME ?!!!

ÇA NON PLUS, ÇA NE VA PAS !

JIO A L'AIR SUPER-DEÇU LUI AUSSI...

ARRRGH !

CETTE ARME SERA TES CROCS !

ESPÈCE DE MORVEUX !

TU AS EU DE LA CHANCE DE POUVOIR M'APPROCHER !

IL A ÉTÉ OBLIGÉ DE FUIR LORS DE SON DERNIER AFFRON-TEMENT...

JE SUPPOSE QU'IL DOIT ÊTRE VRAIMENT HONTEUX...

CLONG

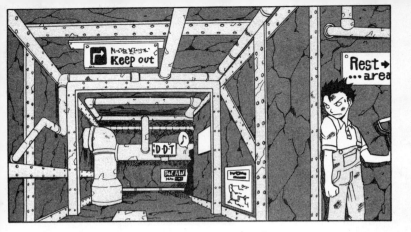

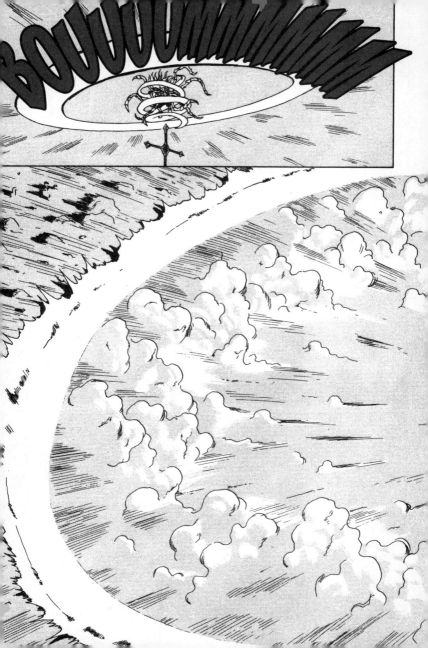

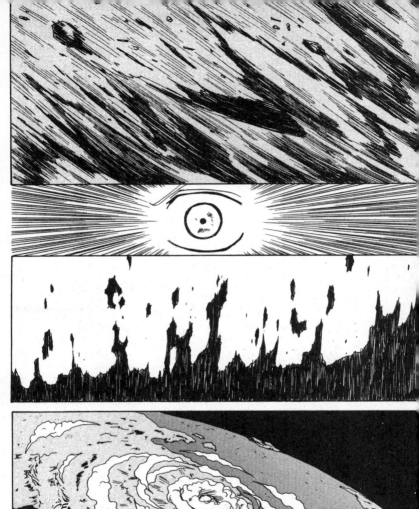

LILLY...

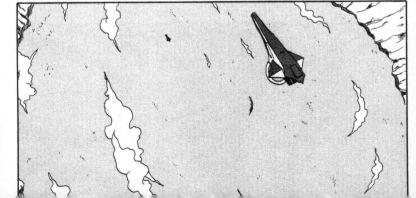

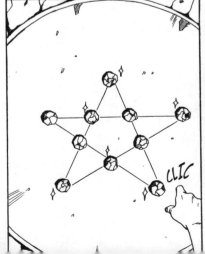

CE... C'EST PEUT-ÊTRE MÊME UNE BOMBE, MAN ?!

FAIS ATTENTION, C'EST PEUT-ÊTRE ENCORE UN NOUVEAU PIÈGE !

CHUT !

QUELQU'UN VIENT !

◀ BALL

VOICI LES PREMIÈRES RECHERCHES SUR LE PERSONNAGE DE BALL. SON VISAGE ÉTAIT PLUS ROND ET LES CHEVEUX PLUS LONGS, QUE LA VERSION DÉFINITIVE. ALORS, QUELLE VERSION PRÉFÉREZ-VOUS ?

## LE SACRUM DE SEISHI

## SEISHI ET LA SCOLOPENDRE

# CATALOGUE DES O-PARTS (3)

O-PARTS : BROTHER
CLASSE O-PARTS : CLASSE B
EFFECT : MANIEMENT - TÉLÉPORTATION
CET O-PARTS EST COMPOSÉ DE DEUX
O-PARTS FRÈRES POSSÉDANT CHACUN
UN EFFECT. ON PENSE QUE L'ANCIENNE
CIVILISATION DISPARUE UTILISAIT CET
O-PARTS POUR TRANSPORTER DES
OBJETS OU ALORS ALLER LES
RÉCUPÉRER DANS DES ENDROITS
PEU ACCESSIBLES.

O-PARTS : MASQUE DE MAGIMA
CLASSE O-PARTS : CLASSE C
EFFECT : TÉLÉPATHIE + ?
CET O-PARTS EST UTILISÉ PAR LES
SERVICES DE RENSEIGNEMENTS
DE ZENOM.
IL PARAÎT QUE PLUS ON UTILISE CE
MASQUE ET PLUS ON S'HABITUE
À LE PORTER.

O-PARTS : LE PENDENTIF DE JADE (?)
CLASSE O-PARTS : CLASSE S
EFFECT : IL SEMBLE EN POSSÉDER
PLUS DE 100 !
RUBY, QUI A TOUJOURS CRU QUE CE
PENDENTIF ÉTAIT UN SIMPLE SOUVENIR
DONNÉ PAR SON PÈRE, EST ENCORE
SOUS LE CHOC ! SI CELA SE SAVAIT, RUBY
POURRAIT ÊTRE ARRÊTÉE POUR DÉTENTION
ILLÉGALE D'O-PARTS DE CLASSE ÉLEVÉE.

TITRE ORIGINAL :
SATAN 666 (VOLUME 3)

© 2002 SEISHI KISHIMOTO/SQUARE ENIX. ALL RIGHTS RESERVED.
FIRST PUBLISHED IN JAPAN IN 2002 BY SQUARE ENIX CO.LTD
FRENCH TRANSLATION RIGHTS ARRANGED WITH SQUARE ENIX CO.LTD
AND UNIVERS POCHE S.A. THROUGH TUTTLE-MORI AGENCY INC.

COLLECTION DIRIGÉE PAR :
GRÉGOIRE HELLOT

TRADUCTION :
PIERRE GINER

LETTRAGE :
GB ONE

ISBN : 978-2-351-42043-0

Dépôt légal : janvier 2006
Nouveau tirage : juillet 2007

KUROKAWA - 12, avenue d'Italie - 75627 Paris cedex 13

Imprimé en France par Hérissey